MW00942590

EL BARCO
DE VAPOR

La lista de cumpleaños

Anna Manso

Ilustraciones de Gabriel Salvadó

sm

fundación sm

**La Fundación SM destina los beneficios
de las empresas SM a programas culturales
y educativos, con especial atención a los
colectivos más desfavorecidos.**

Si quieres saber más sobre los programas
de la Fundación SM, entra en
www.fundacion-sm.org

LITERATURA**SM**•COM

*Agradecemos a los alumnos de Educación Primaria
del colegio Federico García Lorca, en Boadilla del Monte (Madrid),
la lectura y validación del texto.*

Primera edición: septiembre de 2017
Tercera edición: noviembre de 2018

Gerencia editorial: Gabriel Brandariz
Coordinación editorial: Paloma Jover, Iria Torres
Coordinación gráfica: Marta Mesa
Adaptación y edición del texto: María José Sanz, María San Román

© del texto: Anna Manso, 2012, 2017
© de las ilustraciones: Gabriel Salvadó, 2017
© Logo de lectura fácil: Inclusion Europe.
   Más información en www.easy-to-read.eu/european-logo
© Ediciones SM, 2017
   Impresores, 2
   Parque Empresarial Prado del Espino
   28660 Boadilla del Monte (Madrid)
   www.grupo-sm.com

ATENCIÓN AL CLIENTE
Tel.: 902 121 323 / 912 080 403
e-mail: clientes@grupo-sm.com

ISBN: 978-84-675-9587-1
Depósito legal: M-10295-2017
Impreso en la UE / *Printed in EU*

Para Alberto, Raquel y Candela,
Carlos, Yolanda, Pablo y Claudia.
¡Ser amigos es lo mejor!

ÍNDICE

1
YO NACÍ UN DÍA 13

El día 13 es mi cumpleaños.
Hay personas que piensan
que el 13 es un número feo.
Porque dicen que el 13 trae mala suerte.

He preguntado qué es la mala suerte
porque me parece muy raro.

Niña   —Mamá,
             ¿qué es tener mala suerte?

Madre   —Es cuando las cosas te salen mal.
             Por ejemplo,
             quieres comer un helado,
             pero te duele la garganta.
             Y ese día,
             tus padres no te dejan.
             ¡Eso es tener mala suerte!

Yo nací el día 13.
A lo mejor, mis padres tuvieron mala suerte.
A lo mejor, preferían un niño
y yo soy una niña.

Padres   —No, hija, no tuvimos mala suerte.
              Nos alegramos mucho al verte.
              Y nos pusimos muy contentos
              cuando vimos tu cara.
              Era una cara pequeña y redonda,
              parecía una manzana.

El día 13 es mi cumpleaños
y recibiré muchos regalos.
Cada año escribo una lista
con todos los regalos que quiero.

Empiezo a escribir la lista
muchos días antes de mi cumpleaños.

Mi cumpleaños es en verano.
Y yo empiezo a escribir la lista en invierno,
justo después del día de Reyes.
¡Todavía faltan 7 meses para mi cumpleaños!

Mis padres dicen que soy una pesada.

Padres   —No hace falta que escribas
                la lista de cumpleaños
                después de Reyes.
                Es muy pronto.

Pero yo lo hago.
Me gusta escribir mi lista de cumpleaños.

● 2
REUNIÓN CON MIS PADRES

A veces, mis padres y yo
hablamos de cosas importantes.

Cuando hablamos de cosas importantes
ponemos cara seria.
Pero a veces se nos escapa la risa.

Para hablar, nos sentamos
alrededor de una mesa
y charlamos un rato largo.
A esa charla le llamamos reunión.

Hoy, mis padres quieren tener una reunión.

Padres   —Es una reunión para hablar
de tu lista de cumpleaños.

Mis padres quieren que escriba
una lista de cumpleaños diferente.

Padres   —Tienes muchos juguetes.
              Ya no caben en tu habitación.

Yo les he contestado un poco enfadada:

Niña   —No es mi culpa.
              ¡Los abuelos y los tíos
              me hacen muchos regalos!
              ¡Todo el mundo me hace regalos!

Mis padres me han dicho:

Padres —En la nueva lista de cumpleaños
tienes que pedir cosas
que no se puedan guardar.

Niña —Esa lista no me gusta nada.
¡Es un rollo!

Pero mis padres quieren que lo piense.

Yo les he dicho enfadada:

Niña —¡Esta reunión es una trampa!
Vosotros habéis decidido todo.
Y yo me tengo que aguantar.

3

PIENSO UNA LISTA NUEVA

Llevo todo el día pensando.
He pensado tanto
que mi cabeza echa humo.
Parece la olla de la sopa de Navidad
que cocina la abuela Teresa.

Pienso en los regalos que puedo pedir
para mi cumpleaños,
pero no tengo ideas
para escribir en mi lista.

Mi padre viene a darme un beso
de buenas noches.

Niña   —Papá, dame un beso en la frente.
             Es para pensar buenas ideas.

El beso me ayuda a cerrar los ojos
y me duermo.

¡El beso de mi padre ha funcionado!
Cuando me despierto tengo muchas ideas.
Apunto un montón de regalos en la lista.

Son cosas que no se guardan
y no se pueden comprar en las tiendas.
Algunas cosas cuestan dinero y otras no.

Las cosas que cuestan dinero
no se guardan en una caja.
Son cosas que se hacen. Y ya está.

¡Estoy supercontenta!
¡He escrito mi lista de cumpleaños!
Y todas las cosas que he pedido
no se pueden guardar.

He pedido 10 cosas en mi lista:

1. Bañarme en el estanque del parque con los patos.

2. Aprender a hacer una voltereta triple.

3. Salir en la tele.

4. Teñirme el pelo de color rosa.

5. Tocar un tigre.

6. Comer sopa de Navidad el día de mi cumpleaños.

25

7. Dormir con mis amigos
   en una tienda de campaña,
   en el patio del colegio.

8. Desenrollar un rollo de papel de váter
   desde mi casa hasta la casa
   de mi mejor amiga.

9. Subir al edificio más alto de la ciudad
   y lanzar 100 aviones de papel.

10. Tener un hermano.

Cuando he terminado de leer la lista,
les he preguntado a mis padres:

Niña　　—Papá, mamá,
　　　　　　¿qué os parece mi lista?

Ellos se han quedado callados
y han puesto unas caras muy raras.
Me parece que mi lista de cumpleaños
no les ha gustado.

4

MANDO CARTAS A MI FAMILIA

Faltan 2 semanas para mi cumpleaños.
Mi padre y mi madre
no han dicho nada de mi lista.

Niña   —¡Tengo una idea!
            Voy a escribir una carta
            a todos mis tíos.

He copiado mi lista en la carta.
Y les he pedido que se repartan
los regalos con los otros tíos.

Pero si no me hacen regalos,
no me importa.

El teléfono ha empezado a sonar.

Padres   —¿Quién llama?

Niña   —Son los tíos.
　　　　Han recibido mi carta.
　　　　Mi lista les gusta mucho.

Mis padres dicen
que también les gusta.
Pero creo que no es verdad.

¡Es mentira!

A mis padres no les gusta mi lista.

Creo que mi lista les parece muy rara.

Me da igual.

¡A mí me encanta!

Espero que al final
a ellos también les guste mi lista.

El último regalo es tener un hermanito.
Ese regalo solo me lo pueden hacer
mi padre y mi madre.

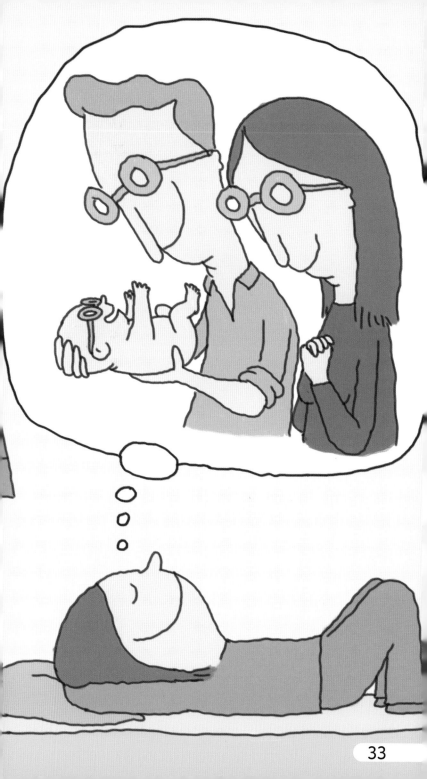

5
EL DÍA DE MI CUMPLEAÑOS

Hoy es día 13.
¡Es mi cumpleaños!
Mi tía Yolanda y mi tío Carlos
han venido a verme.

Tía Yolanda   —¡Felicidades!

Tío Carlos   —Ponte el bañador.
                    ¡Nos vamos a la piscina!

Me gusta mucho el regalo
de mi tía Yolanda y mi tío Carlos.
Ellos me llevan a la piscina.
Me enseñan a hacer volteretas en el agua.

35

En la piscina,
mis tíos me lanzan arriba, muy alto,
y yo salto y doy vueltas.

Las volteretas triples me cuestan mucho.
No me salen.
Pero es muy divertido.

A mi tía Yolanda y a mi tío Carlos
les gusta hacer el payaso.

Yo no he podido hacer
una voltereta triple,
pero nos hemos reído un montón.

Mis primos mayores se llaman
Ricardo y Joaquín.
Han venido a buscarme
y me llevan al parque,
al estanque de los patos.

De repente, Ricardo me da un empujón.
¡Y me tira al agua vestida!

Niña   —¡Ah! ¡Qué susto!

Me gusta bañarme con los patos.
El vigilante del parque me ve y grita:

Vigilante   —Niña, ¿qué haces en el agua?
                 ¿Te has caído?
                 Voy a salvarte.

El vigilante se quita
los pantalones y los zapatos.
¡Qué risa!
Lleva los calzoncillos de color lila.
El vigilante entra en el agua
y me saca del estanque.

6

VISITA AL MUSEO

El abuelo Juan me lleva
al Museo de Historia Natural
para tocar un tigre.

En el museo hay un tigre disecado.
El tigre disecado está muerto
y está quieto como una estatua.
No se mueve, no hace nada.

El abuelo Juan me dice que lo toque.

Niña   —Abuelo, yo quiero tocar
                un tigre de verdad.
                Un tigre que se mueva.

MUSEO

Abuelo —Este tigre cuando vivía
daba mucho miedo.

Niña —¿Por qué daba miedo?

Abuelo —Porque se comió a 3 personas
y a un buey.
¡Y mordió a un elefante!

Niña —Abuelo, ahora el tigre disecado
me da miedo.

El abuelo me coge la mano
y me da un estirón para tocar el tigre.
Los dos juntos tocamos al animal.

El pelo del tigre rasca.
Me hace cosquillas.

Niña —¡Viva!
Ya no tengo miedo.

7

LA SOPA DE LA ABUELA

Después del museo,
el abuelo y yo volvemos a casa.
Toda la casa huele a sopa de Navidad.
La abuela Teresa está en la cocina.

Abuela —¡Felicidades!
¡He preparado sopa de Navidad!
Comer sopa de Navidad
estaba en tu lista de cumpleaños.

Niña —Gracias, abuela.

A mis padres no les gusta
comer sopa de Navidad en verano.
Dicen que hace mucho calor.

A mí no me importa, me tomo la sopa.
Las mejillas se me ponen rojas
y me pongo a sudar.
Pero me da igual, ¡la sopa está buenísima!

45

Después de tomar la sopa,
descanso un ratito en el sofá.
El tío Alfredo llega a casa
y me da su regalo.

Tío Alfredo   —Toma, es pintura de color rosa
para el pelo.

Niña   —¡Muchas gracias, tío Alfredo!
Me encanta.

Mis padres le preguntan:

Padres   —Alfredo, ¿la pintura del pelo
dura mucho?

Tío Alfredo   —No, tranquilos,
la pintura se quita con agua.

Me pinto el pelo de color rosa.

Tío Alfredo   —Estás muy guapa.

Padres   —¡Sí, mucho! Y muy graciosa.

Estoy muy contenta con mi nuevo peinado.
¡Qué día de cumpleaños más divertido!

47

8

EL ROLLO DE PAPEL

Llaman a la puerta de casa.
Son el tío Antonio y la tía Carmen.

Tío Antonio   —Qué guapa estás
con el pelo rosa.

Tía Carmen   —Toma, este es tu regalo.

Los tíos me regalan
un rollo de papel de váter supergigante.

Tía Carmen   —Este rollo es
para que lo desenrolles
por la calle.

Tío Antonio   —Desenróllalo desde tu casa
hasta llegar a la casa
de tu amiga Candela.

El rollo de papel de váter
tiene escrito un cuento
que da mucha risa.

Es un cuento de una caca
que quería ir al mar.

Cuando mi amiga Candela nos ve llegar,
se pone muy contenta.

Candela   —¡Qué sorpresa!

Niña   —Candela, ¿me ayudas a enrollar
                el rollo de papel de váter?

Candela me ayuda
y enrollamos el rollo de papel juntas.

Candela es mi mejor amiga
y siempre me ayuda.

9

LAS ESCALERAS Y EL PLANETARIO

Por la tarde, el tío Pepe me lleva
a un edificio muy alto.

Tío Pepe   —El ascensor está estropeado.
                  Tenemos que subir andando.

Niña   —Vale.

¡Subimos 16 pisos andando!

En el último piso, el tío se ríe
y me dice:

Tío Pepe   —Era una broma.
                  ¡El ascensor sí que funciona!

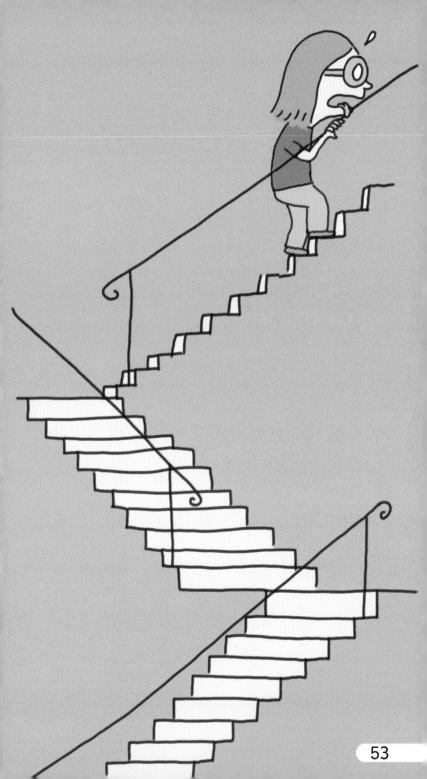

53

Me enfado un poco con mi tío.

Niña   —Tío, estoy muy cansada.
             He subido muchos pisos.

El ascensor llega a nuestro piso
y dentro está la tía Geni.

Tía Geni   —Toma, este es nuestro regalo.

La tía Geni me da una cesta llena
de aviones de papel.

Mis tíos y yo lanzamos
los aviones de papel
desde la terraza.
Nos lo pasamos bomba.

Se hace de noche.
El cielo cambia de color.
Al principio se pone de color rosa,
después lila, y al final azul marino.
Está muy bonito.
Los 3 nos reímos juntos.

Ya es muy tarde,
es hora de irse a dormir.
El tío Pepe y la tía Geni me llevan en coche.
El coche se para en el planetario.

Niña   —¿Por qué nos paramos aquí?
              ¡Qué misterio!

En el planetario se pueden ver
muchas estrellas.

Tío Pepe —Vamos, entra en el planetario.

Tía Geni —Te están esperando.

Entro muy extrañada,
y de repente oigo:

Niños   —¡Sorpresa!

PLANETARIO

Los niños y niñas de mi clase
están en el planetario.
Todos tienen sacos de dormir.
Todos gritan:

Niños —¡Vamos a dormir juntos
en el planetario!

Mi tía Antonia también está en el planetario.
Ella es la directora.
Me mira y me dice:

Tía Antonia —Hoy os dejo dormir
en el planetario.
Es tu regalo de cumpleaños.

Niña —Gracias, tía Antonia.
¡Es un regalo genial!

Después vienen la tía Mari Carmen y su novio.
El novio de la tía Mari Carmen trabaja en la tele
y nos graba con una cámara de televisión.

Tía Mari Carmen —Mañana saldréis
en las noticias de la tele.

Niños —¡Viva! ¡Qué bien!

Me tumbo en el suelo y miro al cielo.
Veo una estrella fugaz
y pido un deseo.

Niña —Quiero que mis padres
me hagan el último regalo
de la lista.